वीरों का वंदन

(काव्य संग्रह)

डॉ. रीता सिंह

साहित्यपीडिया पब्लिशिंग

साहित्यपीडिया पब्लिशिंग

नोएडा (भारत) – 201301

दूरभाष - (+91) -9618066119

ईमेल - publish@sahityapedia.com

वेबसाइट - publish.sahityapedia.com

प्रथम संस्करण – 2020

ISBN - 978-93-89100-38-9

समर्पण

हे भरत भूमि ! हे मातृ भूमि !

"वीरों का वन्दन" करती हूँ,

हर सैनिक के शुभ मस्तक पर

मैं टीका चन्दन करती हूँ,

हो गये शहीद वतन पर जो

हम उन्हें भूल न पायेंगे,

पुलवामा अमर शहीदों को

यह कलम समर्पित करती हूँ ! !

अमर जवान

अमर हो जाते हैं वे वीर

अमर हो जाते हैं वे वीर जवान जो अपनी मातृभूमि के लिये अपने जीवन की आहुति दे देते हैं । सीमाओं की रक्षा जिनके लिये पवित्र यज्ञ के समान है, अखंड मातृभूमि ही जिनका स्वप्न है, तिरंगे को सदा गर्व से लहराये रखना ही जिनका लक्ष्य है । जिन्हें रणभूमि में दुश्मन को पीठ दिखाकर भागना स्वीकार नहीं, जिनके बढ़ते कदमों को बर्फीली चट्टानें या तपते रेगिस्तान भी नही रोक सके । भारत माँ के ऐसे धीर - वीर सुतों को मेरा मन बार - बार श्रद्धापूर्वक अपने हृदय के भाव सुमन अर्पित करना चाहता है । 'वीरों का वंदन' के रूप में यह काव्यांजलि उन अमर बलिदानियों के लिये समर्पित उन्हीं श्रद्धा भावों का एक अंश मात्र है । इस काव्य - संग्रह में प्रस्फुटित मेरे भाव देश के उन सभी जवानों को श्रद्धांजलि हैं जो भारत माँ के लिये अपने जीवन की बीच राह में अर्पित हो गये ।

भारत की स्वतंत्रता के बाद से अब तक अपनी इस मातृभूमि के लिये अपनी बलि देने वाले सहस्रों शहीदों की पंक्ति में दिनाँक 14 फरवरी 2019 एक अविस्मरणीय अश्रुपूरित तिथि है, जिसमें केन्द्रीय सुरक्षा पुलिस बल के लगभग 40 वीर जवान जम्मू कश्मीर के पुलवामा में फिदायिन आतंकी हमले का शिकार हो गये ।

बासंती उल्लास के माह में घटित इस हृदयविदारक घटना ने सभी देशवासियों को झकझोर कर रख दिया । प्रेम गीत शोक गीत में बदल गये ।

ऋतुराज में महकती हवा वेदना के संदेश बांचने लगी । पीत चूनर से सजी धरा रक्त रंजित हो दर्द से कराह उठी । वीर जवानों के लहू से रक्तिम पुलवामा की भूमि ने हर भारतवासी की आँखों में आँसू व हृदय में हमले का प्रतिशोध लेने की भावना जागृत कर दी । हर गाँव व शहर में घर - घर में प्रत्येक व्यक्ति को इस हमले की दुश्मन के ख़िलाफ़ भारत सरकार द्वारा ज़वाबी कार्यवाही की प्रतीक्षा थी । संपूर्ण देश में व्याप्त रोष के परिणामस्वरूप 26 फरवरी 2019 को भारत की सेना द्वारा बालाकोट में चल रहे आतंकवादियों के शिविर को नष्ट कर दिया गया और पुलवामा के शहीदों को श्रद्धांजलि अर्पित की गयी ।

माँ भारती की संतान होने के नाते हम भारतवासी अपनी मातृभूमि के रक्षक वीर जवानों के प्रति भावात्मक लगाव महसूस करते हैं । यही कारण है कि यदि उनपर सीमा पार से या सीमा के अंदर कोई हमला होता है तो हर भारतीय का हृदय रो उठता है और उनकी कुशलता की कामना करता है । पुलवामा में अचानक हुए आतंकी हमले में देश ने जब एक साथ चालीस वीर सपूतों को खो दिया तब उनके लिये मेरे हृदय में उमड़े कुछ ऐसे ही भावों ने कविता का रुप लेकर उनको श्रद्धांजलि अर्पित करने की अभिलाषा व्यक्त की । मेरी यह अभिलाषा ही ' वीरों का वंदन ' लघु काव्य संग्रह के रूप में सभी देशवासियों के समक्ष प्रस्तुत है । मेरी भावांजलि को पुस्तक रूप प्रदान करने में प्रत्यक्ष व अप्रत्यक्ष रूप से जिन वरिष्ठ साहित्यिकारों, साहित्यिक मित्रों, परिजनों आदि ने मेरा मार्गदर्शन किया है, उन सभी का मैं हृदय की गहराइयों

से आभार व्यक्त करती हूँ और भविष्य में भी उनके आशीष व शुभकामना की अभिलाषा करती हूँ। साथ ही काव्य - संग्रह में निहित शिल्पगत त्रुटियों के लिये क्षमाप्रार्थी हूँ। आशा करती हूँ कि मेरे इस काव्य संग्रह को पाठकों का समीक्षात्मक आशीष प्राप्त होगा जिससे मैं अपनी लेखनी में सुधार कर हिन्दी साहित्य - सागर में अपना बूँद भर योगदान करने के लिये प्रयासरत रह सकूँ।

स्नेहाकांक्षी,

डॉ. रीता सिंह

असिस्टेंट प्रोफेसर

राजनीति विज्ञान विभाग

एन. के. बी. एम. जी. (पी. जी.) कॉलेज,

चन्दौसी (सम्भल)

उत्तर प्रदेश – 244412

मोबाइल नंबर – 8279774842

ritasingh974@gmail.com

पुलवामा आतंकी हमला

जम्मू कश्मीर में सबसे बड़े आतंकी हमले में पुलवामा के पास 14 फरवरी, 2019 दिन गुरुवार को सी. आर. पी. एफ. के लगभग 40 जवान शहीद हो गए और 20 से अधिक घायल हो गए । इस हमले के समय 2547 जवान 78 वाहनों के काफिले में जा रहे थे । इसी दौरान आतंकवादी संगठन जैश-ए-मोहम्मद के आत्मघाती हमलावर ने विस्फोटकों से लदी कार से उनकी बस में टक्कर मार दी । धमाका इतना जबरदस्त था कि बस के परखच्चे उड़ गए । करीब 10 किलोमीटर तक धमाके की आवाज सुनाई दी ।

इस हमले के बाद अधिकारियों ने बताया कि केन्द्रीय रिजर्व पुलिस बल के अधिकतर जवान छुट्टियां बिताने के बाद ड्यूटी पर लौट रहे थे । जम्मू कश्मीर हाईवे पर अवंतिपोरा इलाके में अपराह्न करीब 3:15 बजे आतंकियों ने घात लगाकर हमला किया । आत्मघाती हमलावर की पहचान पुलवामा के काकापोरा निवासी आदिल अहमद के रूप में हुई । आदिल 2018 में जैश-ए-मोहम्मद में शामिल हुआ था । कुछ दिन पहले सुरक्षा बलों ने उसे घेर लिया था, लेकिन वह चकमा देकर भाग गया था ।

घटना के विषय में एक अधिकारी ने बताया कि हमलावर कार में 350 किलोग्राम विस्फोटक लेकर आया था । वह गलत दिशा में कार चला रहा था और उसने जिस बस पर सीधी टक्कर मारी उसमें 39 से 44 जवान यात्रा कर रहे थे । शव इतनी बुरी तरह क्षत-विक्षत हो चुके थे कि चिकित्सकों

के लिए मरने वालों की वास्तविक संख्या बताना कठिन हो रहा था। आतंकवादी संगठन जैश-ए-मोहम्मद ने इस हमले की जिम्मेदारी ली। यह हमला श्रीनगर से करीब 30 किलोमीटर दूर हुआ था।

सीआरपीएफ महानिदेशक आर. आर. भटनागर ने बताया कि आतंकियों ने काफिले पर कुछ गोलियां भी चलाईं। उन्होंने बताया कि यह काफिला जम्मू से तड़के 3:30 बजे चला था और इसे सूर्यास्त तक श्रीनगर पहुँचना था, लेकिन अपने गन्तव्य तक पहुँचने से पहले ही मातृभूमि के लगभग 40 सपूत आतंकवाद की दहकती लपटों में समा गये। शेष रह गयीं उनकी रक्तरंजित स्मृतियाँ जो उनके परिवार व देशवासियों के स्मृति पटल पर वेदना के रूप में चिरकाल तक अंकित रहेंगी।

अनुक्रमणिका

जय भारत जय भारती

जय भारत जय भारती
जय भारत जय भारती
करें गर्व से आर्यजन-
नित ही जिसकी आरती
जय भारत जय भारती ।

मस्तक सोहे मुकुट हिमालय
अंतस में झरने देते लय
हरे भरे वन जब लहराते
करते निर्मित मोहक आलय ।
सींच धरा हर पावन नदिया
अपना सब कुछ वारती । ।
जय भारत जय भारती......

महा सिंधु है चरण पखारे
घाटी इसका रूप सँवारे
मुखमण्डल अनुपम है इसका
काली माटी नजर उतारे ।
इसकी शोभा से विस्मित हो
दुनिया इसे निहारती । ।
जय भारत जय भारती......

भोर यहाँ भजनों से होती
सांझ विदा वन्दन से होती
कण कण में यहाँ प्रभु बसे हैं
पूजा शिला पात की होती ।
उपवन इसका रंग बिरंगा
यह फूलों को धारती । ।
जय भारत जय भारती.......

वीरों का वंदन

वीरों का वंदन

वीरों का वंदन
माथे का चंदन
आओ करें नमन
इनको करें नमन ।

सीमा के प्रहरी
होते हैं कहरी
मानें नहीं थकन
लाते सदा अमन ।
इनको करें नमन....

वैरी पर भारी
सेनायें सारी
करती बड़े जतन
महके रहे चमन
इनको करें नमन... ।

धूप में ये खड़े
शीत से भी लड़े
करते कहाँ गमन
रहते सदा मगन ।
इनको करें नमन..... । ।

वीर जवान

जिनको अपनी मातृभूमि पर, रहा सदा ही है अभिमान ।
धीर - वीर सुत जननी के ही, पाते हैं जग में सम्मान । ।
दुश्मन की फुंकारों में भी, झुका नहीं हैं जिनका शीश ।
उनकी साहस गाथाओं को, मिलता सबका ही आशीष । ।

देश हितों पर सब कुछ अपने, दिल से जो देते हैं वार ।
नमन उन्हीं को करता रहता, बार-बार ही यह संसार । ।
अनगिन कष्टों को जो सहते, कहलाते वो वीर जवान ।
इनके बल से ही बनती है, अपनी धरती तीर्थ समान ।

कलम तुम गाओ उनके गान

कलम तुम गाओ उनके गान
तिरंगे की जो रखते आन
मातृभूमि पर बिन आहट ही
हुए न्योछावर जिनके प्रान
कलम तुम गाओ उनके गान । ।

अधूरे रहे जिनके अरमान
अमिट हैं जिनके लहू निशान
सदा ही रखना उनका मान
जिन्होंने किया न अपना ध्यान
कलम तुम गाओ उनके गान । ।

छूकर जिनको पवन सुहानी
इतराती चूनर बन धानी
आतंकी अंधड़ ने देखो
छीन ली बीच राह में जान ।
कलम तुम गाओ उनके गान । ।

गहना जिनकी थीं बंदूकें
कभी निशाने नहीं थे चूके
था अपने पर बड़ा गुमान
बनी थी वरदी उनकी शान ।
कलम तुम गाओ उनके गान । ।

आज तिरंगा भी रोया है

देख जवानों की कुर्बानी
आज तिरंगा भी रोया है
सुरक्षा बल का लहू देश ने
वहशत के हाथों खोया है ।

भर विस्फोटक घूम रहे क्यों
सड़कों पर गद्दार यहाँ
घाटी पूछ रही शासन से
हैं कैसे ये हालात यहाँ ?

कंधार विफलता बीज बनी
आतंकी वृक्ष फला-फूला
संसद हमले का यह कारण
जन मानस अभी नहीं भूला ।

छोड़ा मसूद अजहर को जब
फिर जैश ने आकर जन्म लिया
देकर पड़ोसी ने संरक्षण
पोषण जिसका भरपूर किया ।

मुँह तोड़ जवाब दुश्मनों को
अब तो देखो देना होगा
दाँये बाँये सब असुरों से
प्रतिशोध लेना ही होगा ।

रंगा वीरों के लहू बसन्त

रंगा वीरों के लहू बसन्त
शोक लहरों का दिखे न अन्त
रंगा वीरों के लहू बसन्त । ।

गन्ध फूलों से गयी चली
किरण को भाती नहीं कली
भोर शोक गीतों को गाये
सबके साथ दुखन्त ।
रंगा वीरों के लहू बसन्त । ।

रो रहे धरती गगन दिगन्त
प्रकृति को पीड़ा हुई अनन्त
चुभ रहे फूल शूल की भाँति
बसन्ती पवन बन गयी सन्त ।
रंगा वीरों के लहू बसन्त । ।

बुझ गये दीप हुए बिन रोशन
भरा आक्रोश वतन का यौवन
घाटी लहूलुहान रोष में
नगर गाँव बेअन्त ।
रंगा वीरों के लहू बसन्त । ।

धूमिल हो गयी बसन्त बहार

धूमिल हो गयी बसन्त बहार

जब आतंक ने किया प्रहार

कर्म में अपने थे जो निरत

उन्हीं की हुआ पीठ पर वार । ।

कुछ भी नहीं कसूर था उनका

मौत जिन्हें बेमौत मिली

चले सिपाही तो शह देने

 कैसे उनको मात मिली

चलो राजन अब विग्रह चाल

करो छल का तुम प्रतिकार

धूमिल हो गयी बसन्त बहार । ।

साम से कुछ न काम चलेगा

दाम अरि को भरना होगा

दंड पाप का देना होगा,

भेद सहेगा जब अराति

तब समझेगा निज औकात

फिर कहीं न होगा चीत्कार

धूमिल हो गयी बसन्त बहार । ।

सीमा से आयी पाती थी

पीत चुनरिया लहराती थी
हवा बसन्ती इतराती थी
धरती यौवन पर है अपने
सजी संवरकर इठलाती थी ।
सीमा से आयी पाती थी । ।

कोकिल मधुर गीत गाती थी
प्रेम मिलन की रुत भाती थी
पर अरि से लोहा लेने को
रणभेरियाँ सुहाती थी ।
सीमा से आयी पाती थी । ।

सजे शस्त्र जिनके हाथों में
माँ भारती बुलाती थी
किया फिदायिन वार उन्हीं पर
फूली दुश्मन की छाती थी ।
सीमा से आयी पाती थी । ।

बसंत दया न तुमको आयी !

बसंत दया न तुमको आयी !
वीर सुतों के लाल लहू से
अपनी पीत चुनर रंगायी ।

चल रहे थे वो रक्षक बनकर
आया सहसा इक हमलावर
मानवता नहीं थी उसमें
पलक झपकते ही दानव ने
बीच राह में उन वीरों से
बारूदी गाड़ी टकरायी ।
बसंत दया न तुमको आयी !

लक्ष्य बड़ा सीमा पर जाना
मातृभूमि का कर्ज चुकाना
विधि विधान ऐसे निश्चित थे
मन में भारत माँ के हित थे
पर इक पल में बिखरा सबकुछ
जब आतंकी आँधी आयी ।
बसंत दया न तुमको आयी !

वीरों का वंदन

कितने सपने टूटे उस दिन
कितनी उजड़ी माँग सुहागिन
मैया पत्नी बेटी बहिना
लुटा सभी का जीवन गहना
प्रेम ऋतु तुमने ये कैसी
शोक नदी थी यहाँ बहायी ।
बसंत दया न तुमको आयी !

पूछ रही घाटी की माटी

पूछ रही घाटी की माटी
फाग रंग मैं कब खेलूँगी
कब तक केसर के आँगन में
बारूदी गोले झेलूँगी ।

बासंती क्षण सूने सूने
खुशियों के पल सहमें सहमें
प्रश्न यही, कब त्याहारों पर
पकवानी लोई बेलूँगी ।
पूछ रही घाटी की माटी
फाग रंग मैं कब खेलूँगी । ।

हरियाली भी शूल चुभाती
हवा सुगंधित नहीं लुभाती
पूछे यही चुनरिया मेरी
यहाँ शान से कब लहरूँगी ।
पूछ रही घाटी की माटी
फाग रंग मैं कब खेलूँगी । ।

तम की बीती रजनी काली

तम की बीती रजनी काली
आई पूनम रंगों वाली,
बरसे गोले जब दुश्मन पर
मनी फाग में भी दीवाली ।

रंग बसंती चढ़ा झूम कर
गर्व हुआ सबको सेना पर
हैं गुलाल के संग पटाखे
बनी खुशी है सबकी आली ।
तम की बीती रजनी काली
आई पूनम रंगों वाली । ।

भरा जोश हर नगर गाँव में
लगी सेंध आतंक छाँव में
जब युद्धक विमान ने उड़कर
अरि खेमे की हवा निकाली ।
तम की बीती रजनी काली
आई पूनम रंगों वाली । ।

आजादी का दिन जब आया

आजादी का दिन जब आया
हर्ष सभी के मन में छाया
गीत बजे तब देश प्रेम के
सबको जन गण मन है भाया
आजादी का दिन जब आया ।

घर घर में झंडा लहराया
तिरंगे को ऊँचा फहराया
नमन किया श्रद्धा से इसको
फिर जयकारा खूब लगाया
आजादी का दिन जब आया ।

याद किया वीरों को सबने
जिनके बल पर शुभ दिन आया
प्राण दिये आज़ादी के हित
गान शहीदों का है गाया
आजादी का दिन जब आया ।

वीरों का वंदन

अभिनंदन घर वापस आये

अभिनंदन घर वापस आये
खग समूह नभ में है गाये
महक उठे नव सुमन चमन में
ज्यों ऋतुराज आज है छाये ।
अभिनंदन घर वापस आये । ।

रिपुदमन बनकर तुम आये
देश हिय ठंडक पहुंचाये
प्रार्थना जो हम सबने की
देखो कितनी सफल बनाये ।
अभिनंदन घर वापस आये । ।

डरे डरे थे भारत वासी
वह डर उनका दूर भगाये
खिली बंद पंखुरियाँ सारी
निज उपवन में जब तुम पाये ।
अभिनंदन घर वापस आये । ।

अगर पीठ पर वार करेगा

अगर पीठ पर वार करेगा,
मुँह की हमसे खायेगा ।
जिसने भी अपराध किया है
अंत समय पछतायेगा ।

नाकों चने चबा देने को,
वीर हमारे तने खड़े ।
वो प्रतिशोध खून का लेने,
ले अपने हथियार लड़े ।

रौंदा दुश्मन को ऐसा है,
उठा न सर अब पायेगा ।
जब जब भी लहरायेगा फन,
यूँ ही कुचला जायेगा ।

अगर पीठ पर वार करेगा,
मुँह की हमसे खायेगा ।

जहाँ चाह है वहाँ रहा है

जहाँ चाह है वहाँ राह है
सदियों से सुनते आये हैं
बढ़ते कदमों को तूफां भी
रोक भला कहाँ पाये हैं ।

चलते जाते जिनको चलना
नहीं बहाना उनको करना
बढ़ते जाना बढ़ते जाना
नित नित आगे बढ़ते जाना
बाधायें जितनी भी आयीं
वे विजय सभी पर पाये हैं । ।
बढ़ते कदमों को तूफां भी.......

नहीं डिगे हैं नहीं रुके हैं
नहीं थमें हैं नहीं थके हैं
दर्द भूलकर बढ़े चले हैं
बढ़े चले हैं बढ़े चले हैं
किया पराजित हर अटकन को
बस गान जीत के गाये हैं । ।
बढ़ते कदमों को तूफां भी.....

नेक इरादे अच्छी चाहत
करते नहीं कभी भी आहत
राहें आसां बनतीं उनकी
देते हैं जो सबको राहत
मंजिल तक हैं वही पहुँचते
जो सच्ची लगन से धाये हैं । ।
बढ़ते कदमों को तूफां भी.....

वीरों का वंदन

मुक्तक

बना मुकुट गिरिराज हिमालय,
भू का भाल सजाये
कल कल करती लहर नदी की,
मीठी तान सुनाये
वंदन करता महा सिंधु भी,
नित नित चरण पखारे
भारत के वीरों के आगे
वैरी पीठ दिखाये ।

सैनिक पत्नी

न बेचारी न दुखियारी
नारी हिम्मत वाली है
जिसके माथे की बिंदी
करे देश रखवाली है ।

रैन दिवस दुआ मनाती
प्रभु सिंदूरी माँग रहे
बनी रहें जीवन - खुशियाँ
दुख का न कभी स्वाँग रहे,
प्रिय घर आयेंगे उसने
आस सदा ही पाली है ।
जिसके माथे की बिंदी.....

लाठी बन सास ससुर की
हर पल उनके साथ खड़ी
काम धैर्य से करती सब
चाहे कैसी रहे घड़ी,
फुलवारी भी आँगन की
हँसकर खूब सम्भाली है ।
जिसके माथे की बिंदी.....

गर्व करे निज सुहाग पर
करती है अभिमान भाग पर
अर्पित श्रद्धा सुमन हमारे
सैनिक पत्नी के त्याग पर,
न्यौछावर करके सुख सारे
लाती घर खुशहाली है ।
जिसके माथे की बिंदी....

पथिक वही जो बढ़ता जाता

पथिक वही जो बढ़ता जाता
अवरोधों से कब घबराता,
ऊँची-नीची सब राहों पर
बिना रुके वो चलता जाता ।

पाषाणों से जब टकराता
असंभव को संभव बनाता,
बड़े बड़े तूफां से लड़कर
विजयी रथ पर चढ़ता जाता ।

गरमी सहता स्वेद बहाता
शीत ताप भी नहीं डराता
जब तक मंज़िल मिले न उसको
साहस गाथा गढ़ता जाता ।

वीरों का वंदन

उठो तरुण तुम देश के

उठो तरुण तुम देश के
पुकारती माँ भारती
अपने सुकर्म दीप से
उतार लो अब आरती ।

तुम इसके कर्णधार
देश तुम्हारे हाथ में
हम सब हैं भाई - बंधु
लेना सबको साथ में ।

छूटे कोई भी नहीं
कहीं बीच ही राह में
दिल किसी का दुखे नहीं
और अधिक की चाह में ।

ये अपना ही देश है
इसका सदा ध्यान रहे
जब तक भी है यह जहां
इसका बना मान रहे ।

सुनो देश के वीर सपूतों

सुनो देश के वीर सपूतों
भारत माँ की करुण पुकार
नक्सल आतंक से घायल है
कर दो उसका अब उद्धार ।

भीड़ गरीबी बेकारी से
हुई बहुत है अब लाचार
मंदी से छुटकारा दे दो
कर दो उस पर तुम उपकार ।

राजनीति भी बदल गयी है
बदले सभी राज - आचार
पक्ष - विपक्ष के चक्र व्यूह में
खो गया कहीं सद्व्यवहार ।

ज्ञान जो पाया शिक्षालय से
करो नहीं वह अब बेकार
सुख - शान्ति अरु प्रेम भाव का
दे दो तुम उसको उपहार । ।

काँटों की चुभन में हँसता हूँ मैं

काँटों की भी चुभन में हँसता हूँ मैं
फूलों जैसा ही सदा खिलता हूँ मैं ।

आयीं उलझन कितनी मेरी राह में
उनको सुलझा के आगे बढ़ता हूँ मैं ।

डरता मुश्किल से यार कभी यूँ नहीं
साहस को संग लिए चलता हूँ मैं ।

निज हित की है मुझको परवाह नहीं
राष्ट्र के हित में जीता मरता हूँ मैं ।

' दीन दुखी "रीता" जब भी मिलता है
जैसे होती मदद वो करता हूँ मैं ।

अमन की एक दुनिया मैं बसाना चाहती हूँ

अमन की एक दुनिया मैं बसाना चाहती हूँ
ग़मों को भी खुशी से मैं हराना चाहती हूँ ।

कोई दुश्मन नज़र में ही नहीं आये मुझे अब
दिलों में प्रीत का दरिया बहाना चाहती हूँ ।

नहीं है गैर कोई भी सभी अपने यहाँ हैं
सबक सारे ज़हां को यह सिखाना चाहती हूँ ।

नहीं फ़ैलाओं नफ़रत तुम सियासी इस गली से
वतन को अपने इन सबसे बचाना चाहती हूँ ।

दुआ आओ करें मिलकर सभी अब देश वालो
दिलों से भेद सबके ही मिटाना चाहती हूँ ।

दिलों में हमेशा हमारे रहेंगे

दिलों में हमेशा हमारे रहेंगे
जो अपने वतन को सँवारे रहेंगे ।

मुहब्बत जहां में उसी को मिलेगी
ज़मीं पर सभी के जो प्यारे रहेंगे ।

मिलेगी उन्हीं को ज़माने में इज़्ज़त
दिलों में जो माँ - भू उतारे रहेंगे ।

सहेंगे चुभन कंटकों की सुमन जो
चमन में वही सब दुलारे रहेंगे ।

छिड़ेंगे गगन में खुशी के तराने
घनी रात में जब सितारे रहेंगे ।

हज़ारो ही खुशियाँ सजेंगी लबों पर
दिखाते अगर वो बहारे रहेंगे ।

वतन पर जो क़ुर्बा हुए वीर 'रीता'
फ़िदा उनपे चंदा सितारे रहेंगे ।

लाज रखनी है अपने वतन की हमें

है क़सम अपने ही बाँकपन की हमें
लाज रखनी है अपने वतन की हमें ।

फूल बनकर महकना है अब लाज़िमी
रौनक़े गर बढ़ानी चमन की हमें ।

अब न दहशत में कोई जिये इसलिये
बू मिटानी है देखो दमन की हमें ।

बस मिटाकर फसादों की सारी जड़ें
अब हवा है बहानी अमन की हमें ।

हौसलों में उड़ाने नहीं कम कोई
अब जरूरत है केवल गगन की हमें ।

जय हिन्द !

सब नारों में मानों अरविन्द

जय हिंद ! जय हिन्द ! जय हिन्द !

खिली पंखुरी जन सरवर से

जय हिन्द ! जय हिन्द ! जय हिन्द !

दिया ओज का मंत्र सुभाष ने

जय हिन्द ! जय हिन्द ! जय हिन्द !

जन जन में है जोश जगाये

जय हिन्द ! जय हिन्द ! जय हिन्द !

जिस पर वीर जवां लुट जायें

जय हिन्द ! जय हिन्द ! जय हिन्द !

भारतमाता का अभिनंदन

जय हिन्द ! जय हिन्द ! जय हिन्द !

'रीता' की हर साँस पुकारे

जय हिन्द ! जय हिन्द ! जय हिन्द !

पुलवामा आतंकी हमले में शहीद होने वाले वीर जवानों की सूची

(1)

कांस्टेबल कुलविंदर सिंह
92वीं बटालियन,
आनंदपुर साहिब, पंजाब

(2)

कांस्टेबल महेश कुमार,
118वीं बटालियन इलाहाबाद,
उत्तर प्रदेश

(3)

असिस्टेंट सब इंस्पेक्टर मोहनलाल
110वीं बटालियन
उत्तरकाशी, उत्तराखंड

(4)

कांस्टेबल वीरेंद्र सिंह
45वीं बटालियन
उधमसिंहनगर, उत्तराखंड

(5)

कांस्टेबल अजीत कुमार आज़ाद

115वीं बटालियन

उन्नाव, उत्तर प्रदेश

(6)

कांस्टेबल तिलक राज

76वीं बटालियन

कांगड़ा, हिमाचल प्रदेश

(7)

कांस्टेबल श्याम बाबू

115वीं बटालियन

कानपुर देहात, उत्तर प्रदेश

(8)

हेड कांस्टेबल हेमराज मीणा

61वीं बटालियन

कोटा, राजस्थान

(9)

हेड कांस्टेबल विजय सोरेंग

82वीं बटालियनगुमला,

झारखंड

(10)

कांस्टेबल मनिंदर सिंह अतरी

75वीं बटालियन

गुरदासपुर, पंजाब

(11)

हेड कांस्टेबल अवधेश कुमार यादव

45वीं बटालियन

चंदौली, उत्तर प्रदेश

(12)

हेड कांस्टेबल पी.के साहू

61वीं बटालियन

जगत सिंह पुर, ओडिशा

(13)

कांस्टेबल अश्विनी कुमार

35वीं बटालियन

जबलपुर, मध्यप्रदेश

(14)

कांस्टेबल रोहिताश लांबा

76वीं बटालियन

जयपुर, राजस्थान

(15)

कांस्टेबल सुखजिंदर सिंह

76वीं बटालियन

तरणतारन, पंजाब

(16)

कांस्टेबल सुब्रमनियन जी

82वीं बटालियन

तुतीकोरिन, तमिलनाडू

(17)

कांस्टेबल प्रदीप सिंह

115वीं बटालियन

तेरवा, कन्नौज (उत्तर प्रदेश)

(18)

कांस्टेबल विजय कुमार मौर्या

92वीं बटालियन

देवरिया, उत्तर प्रदेश

(19)

हेड कांस्टेबल संजय कुमार सिन्हा

176वीं बटालियन

पटना, बिहार

(20)

कांस्टेबल कौशल कुमार रावत

115वीं बटालियन

प्रतापपुरा, उत्तर प्रदेश

(21)

हेड कांस्टेबल मानेसवर बासुमतारी

98वीं बटालियन

बक्सा, असम

(22)

कांस्टेबल राठौड़ नितिन शिवाजी

3वीं बटालियन

बलदाना, महाराष्ट्र

(23)

हेड कांस्टेबल संजय राजपूत

115वीं बटालियन

बुलढाना, महाराष्ट्र

(24)

कांस्टेबल जीत राम

92वीं बटालियन

भरतपुर, राजस्थान

(25)

कांस्टेबल रतन कुमार ठाकुर

45वीं बटालियन

भागलपुर, बिहार

(26)

कांस्टेबल पंकज कुमार त्रिपाठी

53वीं बटालिय

नमहाराजगंज, उत्तर प्रदेश

(27)

कांस्टेबल गुरू एच.

82वीं बटालियन

मांड्या, कर्नाटक

(28)

हेड कांस्टेबल राम वकील

176वीं बटालियन

मैनपुरी, उत्तर प्रदेश

(29)

हेड कांस्टेबल जयमल सिंह

76वीं बटालियन

मोगा, पंजाब

(30)

हेड कांस्टेबल नारायण लाल गुर्जर

118वीं बटालियन

राजसामंद, राजस्थान

(31)

हेड कांस्टेबल नासीर अहमद

76वीं बटालियन

राजौरी, जम्मू-कश्मीर

(32)

कांस्टेबल वसंथा कुमार वी.वी

82वीं बटालियन

वयानाड़, केरल

(33)

कांस्टेबल रमेश यादव
61वीं बटालियन
वाराणसी, उत्तर प्रदेश

(34)

कांस्टेबल प्रदीप कुमार
21वीं बटालियन
शामली, उत्तर प्रदेश

(35)

कांस्टेबल अमित कुमार
92वीं बटालियन
शामली, यूपी

(36)

हेड कांस्टेबल बबलू संतरा
35वीं बटालियन
हावड़ा, पश्चिम

(37)

कांस्टेबल मनोज कुमार बेहरा

82वीं बटालियन

उड़ीसा

(38)

कांस्टेबल शिवचन्द्रन सी.

92वीं बटालियन,

तमिलनाडु ।

(39)

कांस्टेबल सुदीप विश्वास

98वीं बटालियन

पश्चिमी बंगाल

(40)

कांस्टेबल भगीरथ सिंह

45वीं बटालियन

राजस्थान

स्रोत- www.bhaskar.com

'वीरों का वंदन'
एक भावनात्मक काव्यकृति

-डॉ. महेश दिवाकर

डॉ. रीता सिंह, एन. के. बी. एम. जी. (पी.जी.) कॉलेज, चन्दौसी (सम्भल) उत्तर प्रदेश के राजनीति शास्त्र विभाग में राजनीति विज्ञान की प्राध्यापिका हैं । हिन्दी के प्रति उनकी अभिरुचि एवं मानवीय मूल्यों के प्रति उनकी संवेदनशीलता ने ही उन्हें साहित्य सृजक बना दिया है । साहित्य के क्षेत्र में उनकी एक मौलिक कृति 'अन्तर्वेदना' काव्य संग्रह आ चुकी है । यह गीति काव्य कृति है, जिसमें समकालीन जीवन की विसंगतियों और विषमताओं के यथार्थ चित्र उतारे गये हैं । हिन्दी साहित्य के वर्तमान पटल पर ' अन्तर्वेदना ' की रचनाओं की व्यापक चर्चा हुई है ।

अब डॉ. रीता सिंह की सद्य: प्रकाशित कृति ' वीरों का वंदन ' मेरे सामने है । कवयित्री ने इस काव्यकृति को पुलवामा में शहीद हुए अमर जवानों की स्मृति को समर्पित किया है । उनका यह शाश्वत कृत्य उनकी राष्ट्रभावना को दर्शाता है । वस्तुतः ' वीरों का वंदन ' में कवयित्री डॉ. रीता सिंह की 25 मौलिक गीति रचनाएँ संगृहीत हैं । ' वीरों का वंदन ' शीर्षक से संगृहीत रचना की ये प्रारंभिक पंक्तियाँ देखें -

" वीरों का वंदन

माथे का चंदन

आओ करें नमन

इनको करें नमन ।"

'धूप में ये खड़े

शीत से भी लड़े

करते कहाँ गमन

रहते सदा मगन ।

इनको करें नमन । ।"

समग्र संवेदना एवं सम्मान का भाव डॉ. रीता सिंह के हृदय में पुलवामा के वीर शहीदों के लिये भरा है । ये शहीद भारत माता की महान संतान हैं । तभी तो वे उसके सम्मान और सुरक्षा के लिये अपने प्राणों की हँसते - हँसते बलि देते हैं । इसीलिये कवयित्री डॉ. रीता सिंह की लेखनी सुरक्षा के इन प्रहरियों का गुणगान करना चाहती है । अपनी रचना ' कलम तुम गाओ उनके गान ' में वे कहती हैं -

' कलम तुम गाओ उनके गान

तिरंगे की जो रखते शान

भारत माँ पर बिन आहट ही

हुए न्यौछावर जिनके प्रान । ।'

इस संग्रह की अन्य उल्लेखनीय रचनाएँ हैं - 'जय भारत जय भारती',
'देख जवानों की कुर्बानी', 'रंगा वीरों के लहू बसंत ', 'पूछ रही घाटी की माटी',
'लाज रखनी है वतन की हमें' आदि । सभी रचनाओं में उनकी देशभक्ति की
भावना मुखरित हुई है ।

वास्तव में डॉ. रीता सिंह समग्र विश्व में शांति चाहती हैं । ऐसी शांति
जहाँ अन्याय, अत्याचार, भ्रष्टाचार, आतंक आदि कोई राक्षसी दुष्प्रवृति नहीं
हो । इसीलिये वे अपनी एक रचना में कहती हैं -

' अमन की एक दुनिया मैं बसाना चाहती हूँ

ग़मों को भी खुशी से मैं हराना चाहती हूँ ।

कोई दुश्मन नज़र में ही नहीं आये मुझे

दिलों में प्रीत का दरिया बहाना चाहती हूँ ।

नहीं है गैर कोई भी सभी अपने यहाँ है

सबक सारे जहाँ को यह सिखाना चाहती हूँ ।'

कवयित्री की ये पंक्तियाँ अत्यंत प्रेरक व भारतीय संस्कृति की '
वसुधैव कुटुम्बकम ' की भावना से अनुप्राणित हैं । निस्संदेह यह देशभक्ति की
भावना से ओत प्रोत काव्य - संग्रह है और यथा नामः तथा गुण से युक्त है ।

　　　वीरों का वंदन

जहाँ तक इसकी भाषा - शैली की बात है इसकी रचनाओं में आम बोलचाल की हिन्दी भाषा का सहज एवं स्वाभाविक प्रयोग कवयित्री ने किया है। उनकी रचनाएँ भाषा - शिल्प की दृष्टि से भावों की अनुगामिनी हैं। निस्सन्देह भाव पक्ष एवं कला पक्ष की दृष्टि से 'वीरों का वंदन' एक सफल गीति काव्य-संग्रह है, जिसकी सभी रचनाएँ सहज सम्प्रेषण के गुण को आत्मसात किये हैं। ये भावनात्मक रचनाएँ हैं। कवयित्री डॉ. रीता सिंह को बहुत - बहुत बधाई।।

डॉ महेश 'दिवाकर', डी. लिट्.

संस्थापक - अन्तरराष्ट्रीय साहित्य कला मंच, भारतवर्ष

मोबाइल नंबर - 9927383777, 9837263411

स्वीकारो मेरा नमन, भारत माँ के वीर

-डॉ अर्चना गुप्ता

हाथों में श्रद्धा सुमन, आँखों में है नीर

स्वीकारो मेरा नमन, भारत माँ के वीर

14 फरवरी 2019 को, जम्मू श्रीनगर राष्ट्रीय राजमार्ग पर पुलवामा जिले में भारतीय सुरक्षा कर्मियों को ले जाने वाले सी0 आर0पी0एफ0 के वाहनों के काफिले पर हुये हमले में करीबन 43 जवान शहीद हो गये थे । इस घटना ने पूरे देश को झकझोर कर रख दिया था । सबकी आँखें नम थीं । मैं उन सभी शहीदों को शत शत नमन करती हूँ ।और अपनी अश्रुपूर्ण भावभीनी श्रद्धांजलि अर्पित करती हूँ । इन बलिदानियों का सम्पूर्ण राष्ट्र सदैव ऋणी रहेगा और ये हमारे दिलों में हमेशा जिंदा रहेंगे ।

पुलवामा के अमर बलिदानियों की बरसी पर डॉ. रीता सिंह जी की ये पुस्तक उनके द्वारा उन वीर शहीदों को दी गई सच्ची श्रद्धांजलि है ।

रक्षा करते देश की, अपने वीर जवान

हँसते हँसते प्राण तक, कर देते कुर्बान ।

कर देते कुर्बान, देश हित अपना जीवन

करें देश से प्रेम, तोड़ कर सारे बंधन

कहे 'अर्चना' वीर, नहीं मरने से डरते

सीमा पर सह कष्ट, देश की रक्षा करते ।

जय हिंद ! जय भारत !

डॉ अर्चना गुप्ता

संस्थापक साहित्यपीडिया

मुरादाबाद

शुभकामना संदेश

प्रिय महोदया,

अत्यंत हर्ष की बात है कि आप द्वारा पुलवामा आतंकी हमले में शहीद हुए जवानों को अपने स्वरचित कविता संग्रह "वीरों का वंदन" के माध्यम से भावभीनी श्रद्धांजलि देना एक सराहनीय प्रयास है । उक्त पुस्तक में अमर शहीदों को समर्पित आपकी रचनाएँ उच्च कोटि की हैं । इस सराहनीय कदम हेतु आपको ढेरों शुभकामनाएँ ।

मैं आपके उज्ज्वल भविष्य की कामना करती हूँ ।

शुभकामनाओं सहित,

गुलाब देवी

(राज्य मंत्री)

माध्यमिक शिक्षा विभाग

उत्तर प्रदेश शासन

      वीरों का वंदन

शुभकामना संदेश

अत्यंत हर्ष का विषय है कि डॉक्टर रीता सिंह, असिस्टेंट प्रोफेसर, राजनीति विज्ञान द्वारा चौदह फरवरी दो हजार उन्नीस को पुलवामा में केंद्रीय सुरक्षा बल के वीर सपूतों की शहादत के उपलक्ष्य में उन्हें विनम्र श्रद्धांजलि के रूप में 'वीरों का वंदन' काव्य -संग्रह का प्रकाशन किया जा रहा है । साहित्यिक क्षेत्र में मेधा का किया गया उपयोग शिल्प, कथा एवं तथ्य की दृष्टि से वर्तमान में प्रासंगिक है साथ ही अनुकरणीय भी है । राष्ट्रभक्ति के क्षेत्र में वर्तमान में साहित्यिक रचनाओं का जहां अभाव दृष्टिगोचर हो रहा है वहीं डॉक्टर रीता सिंह के इस काव्य संग्रह के माध्यम से उस रिक्तता को पूर्ण करने का सराहनीय प्रयास किया जा रहा है । यह और आनंदित करने वाला विषय है कि यह कृति राजनीति विज्ञान विषय का अध्यापन करती हुए डॉक्टर रीता सिंह की साहित्यिक क्षेत्र में विलक्षण प्रतिभा को प्रदर्शित करती है । मुझे आशा एवं विश्वास है कि यह कविता संग्रह युवा पीढ़ी के लिए निश्चित रूप से प्रेरणास्पद होगा ।

मैं इनके उज्जवल भविष्य की कामना करता हूँ ।

डॉक्टर जयपाल सिंह 'व्यस्त'

सदस्य विधान परिषद,

बरेली-मुरादाबाद खंड स्नातक क्षेत्र, उत्तर प्रदेश ।

शुभकामना संदेश

अत्यंत गौरव का विषय है कि जम्मू कश्मीर के पुलवामा में आतंकवादियों द्वारा भारत के वीर सपूतों पर किए गए हमले के दौरान शहीद हुए वीर जवानों की शहादत की वार्षिकी पर आपके द्वारा 'वीरों का वंदन' नाम से स्वरचित काव्य - संग्रह का प्रकाशन किया जा रहा है ।

इस अवसर पर देश के वीर जवानों एवं निष्ठावान नागरिकों को हृदय की गहराइयों से शुभकामनाएँ । इसके साथ-साथ यह आशा करता हूं कि भविष्य में भी आपके द्वारा देश में राष्ट्रप्रेम एवं सांप्रदायिक सौहार्द बनाए रखने के लिये इस प्रकार का प्रयास किया जाता रहेगा ।

काव्य - संग्रह ' वीरों का वंदन ' के सफल प्रकाशन पर आपको हार्दिक बधाई एवं शुभकामनाएँ ।

अविनाश कृष्ण सिंह

आई. ए. एस.

जिलाधिकारी, जनपद - संभल

शुभकामना संदेश

जम्मू कश्मीर के पुलवामा में केन्द्रीय  सुरक्षा बलों के जवानों पर किए गये फिदायिन हमले में शहीद हुए वीर जवानों की शहादत पर डॉ. रीता सिंह द्वारा ' वीरों का वंदन ' नाम से स्वरचित काव्य-संग्रह का प्रकाशन किया जाना अत्यन्त सुखद व सराहनीय कार्य है । मैं उनके इस देशभक्ति पूर्ण संदेशप्रद रचनात्मक कार्य की भूरि-भूरि प्रशंसा करता हूँ ।

शहीदों को श्रद्धांजलि रूप में रचित काव्य - संग्रह की साहित्य जगत में सफलता के लिये डॉ. रीता सिंह को हार्दिक शुभकामनाएँ ।

शुभेच्छु,

महेश प्रसाद

उप जिलाधिकारी, चन्दौसी

(सम्भल)

शुभकामनाएं संदेश

यह अत्यन्त गौरव का विषय है कि हमारे महाविद्यालय में राजनीति विज्ञान की असिस्टेंट प्रोफेसर डॉक्टर रीता द्वारा पुलवामा में शहीद अमर जवानों को समर्पित काव्य-संग्रह वीरों का वंदन के माध्यम से श्रद्धांजलि दी जा रही है। उनका यह प्रयास प्रशंसनीय हैं। सभी देशवासियों द्वारा जब - जब यह काव्य - संग्रह पढ़ा जाएगा अमर शहीदों के बलिदान की स्मृति उनके मन मस्तिष्क पर बनी रहेगी। डॉक्टर रीता के इस प्रयास की मैं मुक्त हृदय से सराहना करती हूँ। अमर शहीदों को मेरा कोटि - कोटि नमन।

शुभाकांक्षी

डॉ. अर्चना कुमारी

प्राचार्या

एन. के. बी. एम. जी. (पी. जी.) कॉलेज,

चंदौसी (संभल), उत्तर प्रदेश

उत्तर प्रदेश – 244412

मुझे गर्व है

मुझे गर्व है अपनी राष्ट्रीयता पर

जिसके कारण मैं भारतीय कहलाती हूँ,

मुझे गर्व है अपनी जन्मभूमि पर

क्योंकि मेरी जन्मभूमि भारत है,

मुझे गर्व है कि मेरी राष्ट्रभाषा ही

मेरी मातृभाषा है ।

यह भाषा है मेरी मौखिक अभिव्यक्ति की,

मेरी लिखित अभिव्यक्ति की,

मेरे अपने चारों ओर के पर्यावरण की,

मेरे अपने समुदाय की,

मेरे अपने अञ्चल की ।

मुझे गर्व है अपनी संस्कृति पर

जो मेरे भारतीय होने के सौभाग्य

से ही,

मुझे विरासत में मिली है ।

मुझे गर्व है अपने मानव धर्म पर

जिसे जी सकने योग्य समझ कर ही

ईश्वर ने मेरा अस्तित्व बनाया ।

जय हिन्द ! जय भारत !

Printed by Libri Plureos GmbH in Hamburg, Germany